Paru dans Le Livre de Poche :

Joséphine

Joséphine 2, même pas mal

Joséphine 3, change de camp

Pénélope Bagieu

ma vie est tout à fait fascinante

Jean-Claude Gawsewitch Éditeur

pour Marie-Joséphine, Agnès et Clémentine

ISBN : 978-2-253-13155-7 – 1re publication LGF

Lendemain de cuite

ET DÉJEUNER CHEZ MA MÈRE EN PRIME

Tu as appelé la banque ?

Non.

Tu as mauvaise mine !

Oui.

Ça va avec ton chéri ?
Super.

Première impression

Je ne trouve rien à me mettre
pour ce premier jour de boulot
trop jeune
pas très liante
un peu trop liante

La mouche

J'adore les énormes lunettes.
Bon d'accord.
Ça me va atrocement pas.

mes 5 pires défauts
du moins grave
au
plus dramatique

je suis un peu
gourmande

Non mais je rêve
tu t'rends compte ?!
Et là, tu sais
ce qu'elle me répond
cette conne ?...

je suis légèrement
bavarde

Mais enfin Madame puisque je vous dis que ce n'est pas la peine d'aller me chercher une autre taille, c'est absurde, je vous répète que je fais du 36 !

je suis un tantinet
têtue

'tain merde fait chier
BOÎTE À GROS MOTS

je suis quelque peu
grossière

Le chaaat ?...

et je suis surtout un poil
bordélique

Jouvence

C'est la société du
chacun pour soi, tu vois ?
L'impérialisme sauvage, quoi !
Faut tout péter, tu vois ?

... et sinon, t'as des feuilles ?...

Les courses de Noël

idéales pour Steph ☐
Encore mieux pour moi ☒
☐ exactement le style de ma soeur
☒ vachement plus le mien
une belle écharpe en cachemire pour mon mec ☐
en même temps, elle est quand même hyper douce ☒
Offrir un dessin, c'est tellement plus personnel !

Samedi ensoleillé

Je crois que mon programme de la matinée s'impose de lui-même.

Bad boy for life

Même à vélo, jeunes gens !
Un feu, c'est 22 euros !
Oui oui bien sûr Madame, c'est bien normal, Vous faites votre travail, Ça nous apprendra…
POLICE
Enfin en même temps c'est bon, ça va, y a pas mort d'homme non plus !
mais ferme-la, putain…
Non mais attends, c'est une gamine, je ferme rien du tout

Ouh la la

Ça fait vraiment trop longtemps que je me suis pas acheté / fait offrir de la lingerie de catin

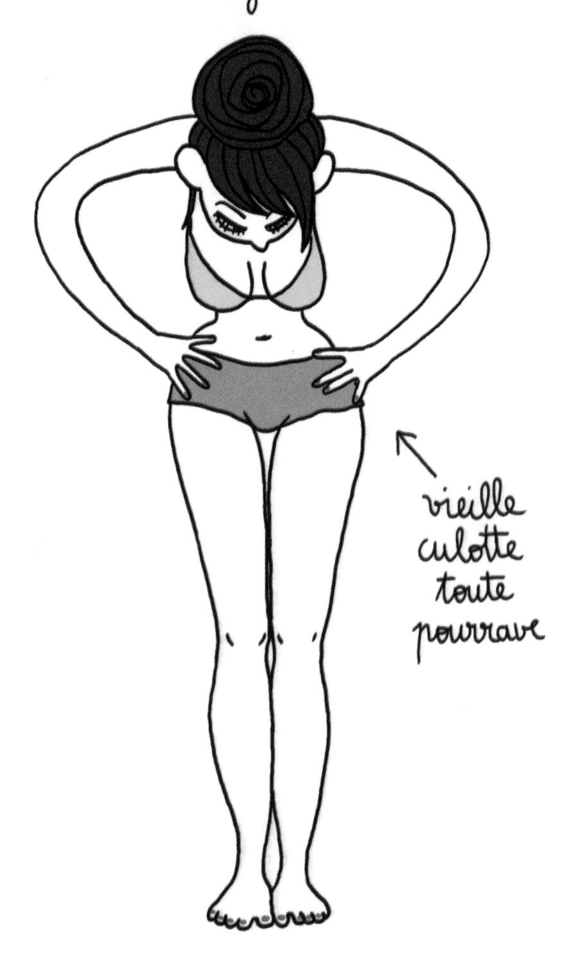
vieille culotte toute pourrave

Chronophagie

Allô Steph ?!
Devine quoi !...

Faut qu'j'te laisse.
j'te rappelle.

Mes pauvres chéries

J'ai envoyé un texto, et il répond pas.
Je fais quoi ?...
ah bah ça... Vous êtes pas au bout de vos peines, les filles...

Je fais ma maligne

... je regarde des films d'horreur le soir.

Une question d'entraînement

Miracle

J'AI ACHETÉ UNE AMPOULE
Ça faisait quand même un mois et demi que je faisais pipi dans le noir

Cuisine nouvelle

J'arrive toujours à trouver de quoi faire avec le contenu de mon frigo

Mais parfois, c'est assez expérimental.

Je veux des vacances

Bonjour.
Voici une vue en coupe de ma tête :

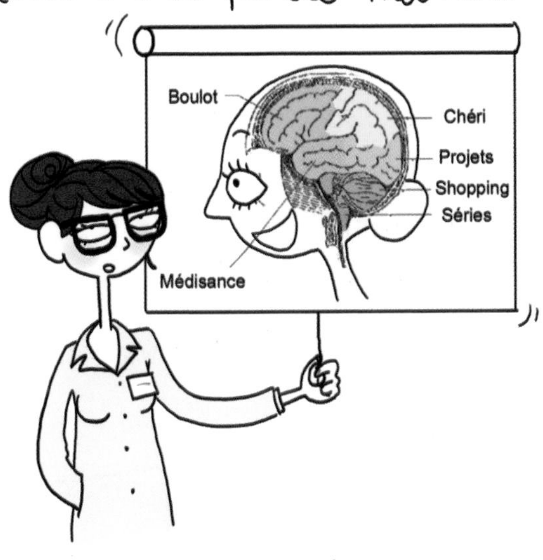
Boulot
Chéri
Projets
Shopping
Séries
Médisance

Bon, eh bien ces derniers temps,
ça ressemble plutôt à ça :

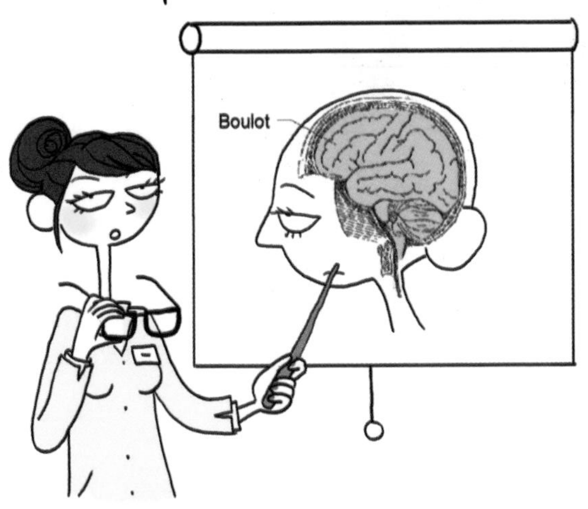
Boulot

Oh noooooooon !

Désirez-vous autre chose, Madame ?
MADAME ?!...

L'âme des héros

Aujourd'hui, début des soldes,
je suis bien obligée d'aller
braver la mort.
Chantal Thomass

Un slim

Et où est-ce que je suis censée caser tout ça ?...

Préparatifs avant la bataille

– OK, les vivres, c'est bon.

– Les portables sont coupés.

– On a le coca.

Tout est paré.

Eh oui, grosse semaine !
Le dernier Lost ET le dernier Heroes !

Sirènes

Pénélooooope...
Regarde comme je suis joli...
Je ne représente qu'un mois de loyer...
JE NE T'ENTENDS PAS
JE NE T'ENTENDS PAS

La campagne

Profitez-en, c'est bientôt les fêtes.

Je tiens la coupable

Port de reine

la posture ne fait pas
forcément hyper naturelle,
mais ça évite de bronzer
avec les marques de bourrelets.
Voici

Resto thaï

j'me rends pas compte,
c'est épicé ?

Gentil nouveau collègue

Salut !
T'es en stage ?
De deux choses l'une :
Soit je fais vraiment jeune,
soit je suis vraiment inefficace.

Shopping à Londres

Oui mais bon !
Je subis
BEAUCOUP
de pression,
en ce moment !

Une fille toute simple

En voyage,
j'aime profiter
du paysage.

Scène d'une violence insoutenable

VRRRRRR
VRRR
VRRR
VRR
VRRRR

VRRRR
VRRRR

Le traquenard

J'ai promis à Maman
de lui arroser ses plantes
pendant les vacances.

Ma banquière est (aussi) un être humain

Bon, bon...
je sais que je vais encore être payée 90 jours après, mais goûtez-moi ce pain perdu...
3%

Assedic mon amour

462

On voit bien qu'ils font
des efforts sur la déco,
mais on se sent toujours
un peu dans Brazil.

Un mythe s'effondre

T'excite pas,
c'est pas des bas,
c'est des gros collants
de ski qui grattent.

Je voudrais acheter un appartement

3%

Malade comme un chien

Comme je suis hyper malade,
je me suis fait de la soupe.

Comme je suis toute seule,
j'en ai pour
deux mois.

Poufiasse de vendeuse

il doit y avoir une erreur,
vous avez mis par inadvertance
dans mon sac un échantillon
d'une crème qui "combat les
premiers signes du vieillissement".

Toute une éducation

Le bleu Klein, chéri ?...
Mais Tatie... le bleu, c'est pour les garçons !
On en reparlera à l'automne/hiver 2007-2008.

Il faut choisir

j'adore le rouge à lèvres
très rouge, mais…

Le Problème avec IKEA

CAISSE 6
IKEA
-lampe
-étagère
IKEA
IKEA
IKEA
IKEA

Grande classe

Parfois, je me rends compte que je suis quand même vachement distinguée.

Mes fringues parlent pour moi

JE SUIS UNE ARTISTE
(ou "je ne travaille pas QUE dans la pub")

J'AI BESOIN D'ÊTRE RASSURÉE

JE SUIS UNE FILLE TOUTE SIMPLE

(ou "je n'ai presque pas changé depuis l'école")

(ou encore "la mode, c'est pas trop mon délire, je suis pas du genre à me prendre la tronche")

JE SUIS PAS LÀ POUR DÉCONNER

(ou "vous allez raquer")

JE SUIS UNE PETITE CHOSE ABÎMÉE PAR LA VIE

(ou " Fais moi à dîner ce soir")

(ou encore " Ah bah tiens, tant qu't'y es, tu veux pas me faire couler un bain aussi")

Jeannie Longo

C'est une voie de bus, ducon, pas une voie de scooter !!!

Et le feu, putain !!!

La priorité à droite, eh, CONNARD !!!

Vous avez vu comme j'ai gagné en aisance dans les rues de Paris !

It's a small world after all

ENCORE UN !
ENCORE UN !!
ON REFAIT UN TOUR, DIS ?!
HEIN, DIS ?!

Mon quartier de vieux

Et combien ça fait,
ça, en Francs ?...

Super Mario

Mmmh
Ça m'a pas l'air simple...
Ça va prendre
pas mal de temps.
Ça
alors.

Mes amis sont formidables

Même en vacances,
ils ne m'oublient jamais !

Chic ! Une
carte d'EDF !
Oh ! Une autre
de SFR !
Pénélope

Bonne année !

Et toi, alors, tu es pas partie du tout ?!
à ton avis ?...
Punta Cana

Une vraie petite femme d'intérieur

Pour attester mon amour et ma dévotion, je vais préparer à mon homme un dîner extraordinaire.

Wouh ! C'est parti mon Kiki !
Bon. Voyons jusqu'à quelle heure ils livrent les sushis.

Les joies de la famille

Tu sais, je t'ai toujours préférée à cette garce de Pénélope !
mais Mémé c'est moi Pénélope...

Un petit week-end

Mais Tu sais, on part que trois jours chez mes parents...
C'est ça ! Vas-y ! Piétine tous mes rêves !

Parenthèse glamour

J'ai acheté un soutien-gorge spécial pour courir.
Au moins, je suis sûre de pas me faire violer.

Ça faisait vraiment longtemps

... que j'avais pas bougé mes fesses.
Hhh
Hhh
Hhh

Il pense à tout

Oh ! Le coca !
Tu as pensé à
demander du light ?!

On a toujours besoin d'une petite robe noire

... et moi,
je suis
particulièrement
prudente.

Tragique

J'achète tellement de fringue
que, le temps que je
les mette,
elles sont déjà démodées.

Gravity kills

16 ans...
25 ans...
...40 ans ?!.....

Fais-moi vibrer

Jim, rappelle-moi au bout de combien de séances je vais devenir hyper bonnasse, déjà ?

L'autruche

Je préfère prendre ma douche les yeux fermés pour pas voir l'état de ma salle de bains

Sacrée Tatie

... et Barbamama peut
prendre la forme qu'elle veut,
et se plier dans tous les sens !
(Voilà qui est très avantageux
pour Barbapapa !)

BARBAPAPA

Le soleil ça donne des cancers

Mais bon, là, l'autobronzant, c'est plus possible.

10 ans d'âge mental

C'est plus fort que toi, hein ?
SLLLLRRR

La rage de vaincre

Verseau :
Votre détermination aujourd'hui
est incontestable.
Vous ne laisserez rien ni personne se mettre
en travers de votre route.

Ça tient à peu de choses

vous êtes ravissante

Grand ménage de printemps (en septembre)

OK, les gars.
On frappe d'abord
la cuisine.

Euh, non, la
salle de bains.
Ouh là, non, en fait
les chaussures, plutôt.
Euh non, attendez.

Je veux pas y alleeeeeeeer

Si au moins on pouvait m'OBLIGER...
GYNECO
DENTISTE

The return of the Parisienne

PARDON!!!

Homme sans cœur

Non.

Nabokov

Comment, Monsieur ?! Vous dites que mon ticket n'est pas composté ?!...
Bon allez ça va pour cette fois...
CONTRÔLE
hé hé hé ah là là
Ça vous embêterait Messieurs si... ?
Non non allez-y je vous en prie !
CLIENT SUIVANT

Eh beh dis donc !
Tu paies pas
de mine, toi,
mais t'étais
un bon investissement
finalement...

Confession

Ehhh oui, les filles, je sais...
Moi aussi j'aimerais bien que vous veniez toutes chez moi...
Mais vous savez c'que c'est !
(je parle aux chaussures, voilà.)

Youpi ! Ils passent ABBA chez Franprix

You are the dancing queeeeen, young and sweet only seventeeeen !

Toujours rien pour la fête des mères

Je suis trop vieille pour le collier de nouilles ?...

Je mange n'importe quoi

C'est décidé :
je surveille
mon alimentation

No life

"Quel temps on a à Paris?"
Mais comment tu veux qu'je l'sache?....

Material Girl

Finalement, les gens ont oublié que Noël, c'est avant tout l'occasion d'être ensemble...
Oh oh oh ! Je te vois venir ! Moi, je veux des cadeaux !

J'ai des principes

"DÉSIREZ-VOUS UN TICKET?"
Ha!
Jamais, tu m'entends!

Spéléologie

Il y a tellement de bordel sur mon bureau qu'on pourrait y planquer des oeufs de Pâques
ASPEGIC

Travail à la chaîne

Chère Mémé
Quel temps sublime ! Ce sera dur de rentrer à Paris ! je t'embrasse
Pénélope *
Chère Maman,
Chère Mamie,
Quel temps sublime ! Ce sera dur de rentrer à Paris ! je t'embrasse
Pénélope *
Oh ça va, hein c'est pas non plus comme si elles allaient se les montrer.

Pétrie de bonnes intentions

Moi je veux bien trier, mais bon...

Ma meilleure copine

Un…
… un autre toast…
… à l'am… l'amitié ! Et et et
et à t… toi ma p'tite Madame…

J'ai piscine

Je me demande si je peux sortir de l'eau plus mince que je n'y suis rentrée...
(en nageant beaucoup beaucoup)
Je déteste me sécher les cheveux au sèche-mains
La frime, avec mes palmes jaune fluo

Hier j'ai fait du sport

Vos gueules ! Yen a qui essaient de bosser !
aïe !
ouille !
aïe aïe aïe
aïe !

Les frites, peut-être

Damned !
Un vilain farfadet a
encore fait rétrécir
toutes mes culottes pendant la nuit !

Promenade aux Tuileries

bla bla bla bla bla
bla bla bla bla bla
bla bla et puis bla bla
bla bla bla bla bla
bla bla et
bla bla bla
bla
bla
bla bla
bla
bla

Retrouvez mes aventures tout à fait fascinantes sur mon blog :
www.penelope-jolicoeur.com

Achevé d'imprimer en juillet 2012 en Espagne par
GRAFICAS ESTELLA
Dépôt légal 1re publication : novembre 2009
Édition 7 : juillet 2012
Librairie Générale Française
31, rue de Fleurus – 75278 Paris cedex 06